文芸社セレクション

私の歩んだ道

なんのこれしき

すみ ようこ
SUMI Yoko

文芸社

毎年、三月十一日の東日本大震災の記事を読んだりテレビの報道を見たりする度に、四十三年前の三月十二日に、四十歳直前で突然この世を去った夫を思い出し、悲しみのどん底だった当時の私の記憶がよみがえる。

そして同じ思いをしていらっしゃる遺族の方々の気持ちが心から理解できて、我が事のように涙する。

もくじ

私の歩んだ道

なんのこれしき

一　その日

会社から帰ってきた夫は、

「ただいまー、転勤先が決まった」といち早く私に告げたかったらしく、一気に玄関で靴を脱ぐなり、口早に出迎えた私に言った。

「そうなんやー！　おめでとう！　どこに？」と私。

「福山」と夫。

「ウワー、環境良さそうで静かに子育て出来そうやネー」と喜んで答えた。

ここのところ、自分の転勤をうすうす感じていた夫はホッとして明るく話していた。

「じゃあ、お義兄様や両親にも報告しないとネー」と私も明るく返した。

夕食後、夫が話すには、

「部長は、自分の事をくさして欠点を並べてから転勤を命じたから、とても腹が立った」と……。

転勤を命じる時は普通、次の所でも頑張ってくれよ、とエールを送るものと思っていた私は、

「そうだったのー。腹立つネー。気にしない、気にしない。気分一新頑張りましょう！」とすぐ言った。

小学校四年生で父を亡くした末っ子の夫を、二回りほど年の違う長兄が親代わりに育てて下さったので、次の日早速、転勤の報告の電話をしたのですが、夫は元気なく私に「せっかく一流大学を出て大手に就職したのに。最初から小さい会社に行っとけば良かったなー！と言われたー」とか。

どうやら転勤先は関連会社らしい。

二　結婚後の生活

入社以来、ずっと本社勤務だった夫は、私と結婚して逆瀬川の古い借り上げ社宅で新婚生活をスタートして、たった四ヶ月ほどで倉敷に転勤した。

約一年半ほど、お魚は美味しいし、町は落ちついた雰囲気で、まるで旅行のように楽しい日々であった。時々お寺でお茶会があり、中学校からずっと茶道を習っていた私は、「在釜」とある場所を調べて一服のお茶を楽しんでいた。

社宅は古い古い二軒長屋の一軒でお風呂も、社宅同様古いが広い共同風呂だった。

そこで待望の第一子、長男が誕生した。十日も早く生まれたが、三キロ弱の元気な子でホッとした。

実家の母が約一ヶ月も手伝いに来てくれたお蔭でゆっくりと静養させていただいた。

初めての育児に四苦八苦している内に、またたく間に一年半が過ぎた。長男も四ヶ月になった頃、また本社に戻ることになった。

武庫之荘の社宅に入り、長男が二歳一ヶ月の時、次男が誕生した。

四十日も早く生まれた次男は体重二千五百グラムの小さな子だったが、産声はとても大きく元気だったので、保育器にも入らず一緒に退院できた。

でも小さく生まれているので時々チアノーゼを起こし、一瞬息を止めて、みるみる顔色が青くなり、産院で教えられた通り子供を縦に抱き背中をトントンするとホーッと息をしてくれ、顔もピンク色になりヤレヤレ私もホッとした。

こんな状態だったので長男は、まだまだ甘えたい年なのに本当に可哀想だったと思う。転んでも「ボクお兄ちゃん」と言って泣きもせずスクッと立ち上がる彼をいじらしく「偉いネー」とほめてあげた。

次男がヨチヨチ歩き始めた頃、四人家族では今の社宅では狭いだろうと、青木にある古いが大きな一軒家に引越すことになった。

そこは、お庭も広く、当時流行っていたブリキの自動車に長男は乗り、次男はまだ上手に乗れない三輪車でクルクル回ったり、雪の降った時は雪ダルマを作ったり、子供たちは毎日伸び伸びと遊んでいた。楽しい毎日だった。

近くに海があるので、夕方よく船を見に連れていった。

楽しい毎日にも、お別れの時がやってきた。

不景気な時代に突入して、広い土地にある六軒の社宅を処分して香里園に建てた新築の高層マンションに移転してくれとの事。何と家についていないなあ……と思いつつも仕方無しに、またまたお引越し。

高台に建っているので見晴らしも良く、二階だし子供の出入りも安心。それに部屋も3ＬＤＫと広いし、それなりに気に入りすぐに慣れた。

長男も二年制の私立幼稚園に入園した。

ヤンチャな長男は坂道を愛車でダーッと下りて、うまくクルクルと方向転換、見ていてハラハラし通しの日々であった。

かたや次男は口も遅く、毎夜二人に絵本を読んで聞かせながら、「チョウチョが飛んでいる」とか、単語でなく言葉がつながるように教えた。

心配は束の間、いつのまにか雄弁になっている。


平和な日々を送っていた頃、ゴルフに行った夫が、途中ヘルニアが治まらず、腹痛を我慢してコースを回り、フラフラで帰宅した。

驚いてすぐ病院へ……即入院、手術。一週間ほどで退院したが、今なら内視鏡で簡単に出来るのかも知れないが、当時は開腹、術後の治りも遅く、家で養生が必要だった。

一ヶ月ぶりに仕事に復帰した夫は、部署が変わったこともあり、ものすごく焦ったらしい。静かな企画室ばかりにいたせいで、営業の大部屋で電話はジャンジャン鳴るし、病み上がりの身体には急になじむことができず、仕事が手につかなくなったり、眠れなくなり診療所で薬をもらって飲んだりしていた。

ある日、会社の上司から電話があり、家にうかがいたいということだった。私は驚いたが、お話の内容は大体分かっていた。多分夫は会社で焦る余り仕事が手につかず、うろがきている（うろたえている）のだろう……と。

矢張り上司の方は「お家ではどうですか？」と家庭訪問に来て下さったのだ。行き届いた上司に私は感謝して、静かな部屋で自分のペースで仕事が出来ていたのが、環境も変わり病み上がりの夫は落ちついて仕事が出来ないのでしょうと、有りのままをお話しした。

上司は「奥さんしっかりしておられるから安心しました。当分の間、私の側で仕事していただきますから、ご安心下さい」と優しいお言葉をいただき、感謝だった。

徐々に元の元気な夫に戻り、私もやれやれと思っていた矢先に、次は枚方工場に転勤。社宅も枚方に移り、長男は幼稚園二年目卒業間近という時期の引越しで、就学までの一ヶ月ほどは家にいることになった。

香里園では娘も生まれ、親子五人で新しい地に移った。

長男は一年生になり、友達もなく可哀想だったが、すぐに学校にも慣れマイペースな日々を送っていた。


こんなに何度も転居を繰り返し、さすがの私も自分の家が欲しくなってきた。

夫に「家を買いましょう」と提案した。

最初は「社宅でいいよ」と言った夫が、お正月休みに何を思ったのか、突然「家見に行こうか」と広告を見出した。

そして不動産の方に案内され古家を見に行き、二軒目の家がすっかり気に入り、さっさと買う手続きをしてきた。

中古なので私も見にいった。私は、

「水回りが汚いから嫌です。もっとお風呂やトイレがきれいな所を探しましょう」

　と言ったが、夫は、

「家を買うというのは、まず周りの環境や交通の便、子供たちの学校の近く、買い物も近く、家と家の間があいている所、条件が揃っているから決めるんや、掃除したら汚い所はきれいになるやろ！」とすごい剣幕で怒られた。

　いつも静かな人で、大きな声で怒鳴られたのは初めてだったので、私は夫を見直した。

　晴れて私たちは、大阪にも京都にも便利だからと高槻の狭いながらも小さな我が家に引越した。

丁度その春から、すぐ近くに公立の幼稚園も出来、次男も無事入園できた。

夫は伸び伸びと仕事をして、自ら舞踊のクラブを作り、外部から先生を招き、家でもよく練習していた姿は今でも思い出す。

発表会には子供たちを連れて見に行ったり、何かと行事の時は皆で参加した。

二、三年して本社に戻ったが、今度は家を変わる必要もなく楽だった。

その頃、夫は地域の少年野球のコーチをして、一年から四年までの子供たちに毎週日曜日に教えていた。

夫は小さい頃から野球が好きで、中学になった時も野球部に入りたいと言ったら勉強しろと言われて、自分は諦めたが子供にはさせようと思ったらしく、二年生だった次男はチームに入れていただき、四年ではキャプテンになり頑張っていた。子供と一緒にいる夫はとても楽しそうだった。

その頃、長男は五年生で、上級生はソフト部しかなかった。これも地域のおじさん達がコーチや監督をして色々指導して下さっていたので、チームに入れていただいた。

練習試合が時々あり、二人一緒の日だと、私と娘は大変だった。違う場所であるので、自転車でお茶を持って応援の掛け持ちをしていた。

父親が弟のチームのコーチをしている事で長男は寂しかったのか、当時少しひねくれているように思えた。

皆で、食事に行く時、わざわざ反対側の道路を歩いてみたり少し反抗的なときもあり、私たちも考えなくてはいけないねと話したことがあった。

三　突然の不幸

そんな幸福な私たちに、突然不幸がやってきたのだ。

その「転勤先が決まった」と私に告げた夫。

転勤と聞いてから夫は一日一日、日を追う毎に元気が無くなってきた。

会社で、

「今度の転勤先から帰ってきた人が言うには、この先どうなるか分からん状況の会社だと聞き、自分が行ってから会社が倒れたら責任重大やー」と暗い顔をしている。

「そんなん行ってみないと分からないよ、もしそうだとしても、貴方一人の責任でもないでしょう。会社が考えることだしネー」

と言いましたが、私の言う言葉は、上の空。

一日一日過ぎていく内に、とうとう夫は一眠りして夜中目が覚めると、寝ている私を起こして、

「一緒に死んでくれ！」と言うようになり、私はびっくりして、

「子供たちがいるのにしっかりして」と思わず夫の頬をたたいてしまった。

「そんなに嫌な会社なら、退職して下さい。私も働いたら、五人くらい何とでもなるから、大丈夫、大丈夫……」と、弱っている夫を思い切り抱きしめた。


その頃、丁度夫の兄嫁がある宗教を信じていて、

「こちらの支部に連絡しとくから連れていきなさい」と言われた。

夫の気が静まるのならと一緒に行き、悩みを聞いてもらい説法を頂き、お経を大きな声であげて「落ちつくわー」と言っている弱々しい夫を見て、何とも可哀想で涙が出そうだった。

心配した父が来てくれていたので、一緒にお酒を交わし鍋をつついて上機嫌

で調子よく話しているのに、一眠りするとむくっと起きて、「一緒に死んでくれ」とまた言い出す。

「一緒に死んだら子供たち可哀想でしょう！　そんなに嫌な会社いかなくていいから。私も働いたら何とかなるから、大丈夫よ」と、抱きしめるほかどうしようもなかった。

夫は翌日、出勤の服とコートをちゃんと着て、エレクトーンの上にお父さんに見てもらいたくて無造作に置かれた長男のテストを一枚ずつ見ていた。中には百点のも何枚かあり、何を考えて眺めていたのか無言だった。

時間がきても出ていく様子もないので、

「お父さん、今日は会社休んだら？　ちょっと身体休めて又考えましょう！」

然し夫は「行って来ます」と言い、一緒に行こうとバス停まで行った父に、「一人で行きます。大丈夫です」と丁度来たバスに一人乗って行ってしまったらしい。

私は夫の兄嫁に「支部に行き、支部長さんの指示に従うように」と言われ、その時支部に行っていた。そして当分の間、会社をお休みしたい旨を会社に伝えるようにとの事だったので家に戻り、会社に向かうべく支度をしていた。

その時、電話のベルが鳴った。

受話器をとると「ぼくや」と夫の声。

「今どこ？　まだ会社に行っていないのなら家に帰ってらっしゃいね、待ってるからね」

「うん」

これが主人と交わした最後の会話だった。

三十分ほど待ったが帰ってこないし、何となく胸さわぎがして、娘をお隣に預けて会社へ向かった。

初めて行った本社のビルは黒い大きな立派なビルだった。

受付で用件を言うと、すぐ上司の方が下りてきて下さり、喫茶室に案内された。そこで私は夫の最近の状態を詳しく話し、しばらくお休みをいただきたい旨、お伝えした。

その間、上司のところに再三若い部下の方が来られ、コソコソ話しておられるので、

「お忙しいところすみませんでした。私の用件は済みましたので、よろしくお願い致します」と、席を立ちかけた私をじーっと見ておられた上司は、

「奥さん、驚かないで下さい。奥さん、しっかりしてらっしゃるからお伝えします。たった今、御主人様が亡くなられたとのことです」

私は余りの事に声も出ません。黙ってイスに座っていたら、

「大丈夫ですか？　会社の車で送りますので」と言われ、ふと我に返った。

後部シートの両側に会社の方、まん中に私が乗り、無言のままで一時間、会社の車で家に帰った。

びっくりした事にすでに座敷に柩が置かれ、父と会社の方々が座っておられた。

現実なんやーと、思わず柩の上におおいかぶさるように泣きくずれた。

「ゴメンナサイ！　ゴメンナサイ！」を連発して泣いている私に父が、

「お前はよく頑張ったのに、なんで謝る」と言った。

「でも私は助けてあげられなかった……ゴメンナサイ」

と、周りに会社の方が居られるのも忘れて泣き叫んだ。ふと我に返り、

「柩の中を見せて下さい。主人の顔を見せて欲しいです」

と言うと、会社の年配の方が、

「私は戦争に行って戦死した友をたくさん見てきた。今でもその姿が忘れられない。きれいなままの御主人のことを思っていた方が幸福だと思いますよ」と言われた。

そうかあ、きっと顔も痛んでいるんだろう！　可哀想に……。

私は言われる通り、それ以上無理は言わなかった。

考えてみれば、当時父は今の私の年齢七十七歳。身元確認は父がしてくれたのだろうか。父もショックだっただろうなあ……。

父は、老後は兄一家と同居して母と共に暮らし、学校が東京だったこともあり、俳句や畑をして楽しんでいたのに、また心配をかけてしまったと、申し訳なくて私も少しずつ冷静になっていった。

夫の死について詳しく話を聞いていく内に、特急電車に飛び込んで亡くなったことを知った。

どんなに痛くてこわかっただろうと、何故そうまでして死ななければいけなかったのか？　死ぬ気になれば何でも出来ると思うけど。幸福な家庭生活より自分のプライドを傷つけられたことの方が重要だったのだろうか？　私や子供のことを考えたら思いとどまり死ねないはずなのに……。

夫の兄嫁に後でそのことを言ったら、

「そんなこと考えるほど冷静なら死ねないよ」と言われた。

正気を失って死神にとりつかれ、自分の事しか考えられないようになってしまっていたんだろうか？

とにかく通夜の夜ずっと泣いていた私に長男が、

「お母さん、明日はお葬式やから泣いたらあかんで」

と後ろから声をかけ、ハッとした。

自分一人感情にまかせて泣いていた私は、子供たちが見ているのをすっかり忘れてしまっていたのだ。

「もう泣かないからね」と長男に答えた。


小学校五年の息子に教えられ、翌日のお葬式は涙を出さないよう、頑張った。

葬儀の日は小雨が降る寒い日だったが、五年生と三年生の担任の先生、全生徒、父兄の方々、友人、会社関係の方々と、たくさんお参りに来て下さり、道の両側がなど大勢の人々で、埋まっていた。

御近所の方々にも炊き出しなど、色々と大変お世話になった。

葬儀も無事に終わり親戚だけになった時、私の兄が突然、

「私は飛行機の時間まで余り時間がないので端的に申しますが、子供も小さいし、この先妹たちが困った時のために兄弟、姉妹、少しずつでも毎月助けてや

るというのはどうでしょうか」と提案したら、主人の兄は激怒された。

「もう自分の代ではないからそれは無理。働いて何とかしてもらわないと」とはっきり言われた。

逆に私はその時、誰にも頼らず自分が頑張らなくてはと、強い自覚を持つ事が出来た。却って私にとっては有難い言葉だったと、両方の兄に対して感謝している。


夫の死後、父は母を私宅へ残し東京へ帰っていった。一緒に父にも住んでと頼んだが、父は、

「お前はまだ若い、この先再婚の道もある。その時お母さんが帰る所がなかったら、困るだろう。お父さんは六つも年上だから、お母さんが一人になってしまった時のことを考えて、僕は東京で暮らすから」

と、その言葉を聞いて、何と男の人は先の先まで見据えて行動するんだろう！と、父の事を改めて尊敬したものである。

母七十一歳、長男十一歳、次男九歳、娘五歳、私三十五歳と、五人の生活が始まった。

母はもの静かだが芯のしっかりした人だった。竜野の士族の末っ子として生まれ、いつも身だしなみをきっちりとして、凛とした美人だった。年はとっていても、それは変わらない父の自慢の奥さんだった。

私は夫の勤めていた会社の事務員として、五月から勤めることになった。葬儀の後の事はすべて、父と会社の方々にお任せで、私は御挨拶に会社に行き、仕事への一歩をふみ出した。

結婚以来、ずっと専業主婦だった私は、十四年間のブランクを取り戻すのに必死だった。一日仕事をして帰ってきた私は、我を忘れてバタンと三十分は寝ないと家事にかかれないほど疲れていた。

心配した母は、生の人参をすり下ろし、蒸して酢につけたお手製のニンニクをつぶし、それに飲みやすいように乳酸菌飲料を一本入れて毎日毎日飲ませてくれた。献身的な母の愛と、月に一度は東京から様子を見に来てくれる父親のお蔭様で子供たちもスクスク育ってくれた。

然しお勤めはパートから始まり、九時から四時までなので、当然収入も少ない。これから先の事を考え、社員にして下さると言われたが、社員になると八時から五時まで。通勤時間を考えると、七時に家を出て六時過ぎ帰宅。これではまだ五歳とワンパクな兄弟を三人共母に託して働くには、とても申し訳なく忍びなかった。


私は十ヶ月で会社を退職して、丁度母の所へ来て下さっていた銀行の方の紹介で、物流会社の総務事務員で正社員、九時から五時勤務ということで採用された。ギリギリ三十五歳で、会社の条件をクリアできたようだった。

今度の会社は自宅から自転車で十五分、昼休みは一時間あるので、母の様子も見られるし、一緒に昼食をとり、子供に手紙とおやつを用意できるゆとりが生まれた。

四月から娘は幼稚園に通い出し、母もしばらくは自分一人の時間が持て、庭の花を愛でたり、お医者に通ったり出来るようになり、私もホッとした。

夫の亡くなった直後、私は、父親のいない子供たちを育てるに当たり、絶対に寂しい思いをさせない事を心がけよう！　それには、まず日々の食事だけは手を抜かないで自分で作ろう、お金の事は子供にはなるべく言わないでおこう、と思った。

そして母には、私の留守の間は母代わりだから思うようにしつけてもらうよう、またお金はむやみに与えないで、急に必要な時は貸してあげて私に必ず子供にも借りたことを伝えるよう、指導して欲しいとお願いした。母はきっちり守ってくれ、いけないことはいけないと注意してくれた。子供たちを見守ってくれたことは本当に感謝している。

次男は、「よそのおばあちゃんは、やさしくて、お小遣いもくれるらしいのに、なんでうちのおばあちゃんはくれないの？」と不服気に私に言ったことがある。

「お母さんがおばあちゃんに頼んでいるから、おばあちゃんは我慢して貴方たちの為を思ってお母さんの頼みを聞いてくれてるんやからね」と話した。

四　生い立ち

私の父と母は、教育者だった。

母は女学校を出てから幼稚園の先生を、私が生まれるまで続けていた。

父は師範学校を出て学校の先生になった。途中から四十代後半でサラリーマンに転職したが、私たち四人、姉兄私妹は大変厳しく育てられた。

おかずの文句を言おうものなら、「外に出て立ってろ」と御飯は食べさせてもらえなかった。

神戸で戦時中、焼夷弾が落ちて家はまる焼け、田舎に疎開させていた。行李一つで両親、姉、兄、私の三人を連れ、父の生家の丹波に着の身着のまま疎開したのだそうだ。

父は長男でありながら、農業と教員をしていた祖父の家はつがず、中学から東京に出ていたこともあり、戦争により当時夫を亡くし五人の子供をかかえていた姉に家をゆずっていた。

実家でありながら一部屋に五人の疎開生活は、窮屈で食物も厳しいものであったと母が話していた。私は二歳で何も知らないが、姉や兄、特に八歳の姉は転校もあったし、色々苦労したようだ。

戦争も終わり父は山梨に転勤した。家から富士山がきれいに見え、感動したものである。

そこで五歳下の妹が誕生した。お転婆だった私は一度、はしごに勝手に登り落ちて大泣きしたこと、妹が産まれる時、全員外に出されたことは覚えている。

父は大手企業に勤めていたので、転勤はつきものだった。阪神間に戻ってきて、私は幼稚園、小学校二年まで社宅で暮らした。大きな広い家に住み何不自由なく暮らした。

当時、希望退職を募っていて、父は一旗あげようと五十五歳定年制だったが、二年前の五十三歳で退職した。四国へ転勤の話が出て家族のことも考えて決断したようだった。

自分の故郷に、輸出向けの玄関マットを造る工場を起業した。姉中学二年、兄小学校五年、私は小学校二年、妹三歳の時である。当然社宅は出ないといけないので、丹波の小さな借家に転居すると生活は一変した。母は洋裁を習い細々と仕立業の内職をしていた。子供ながらに、サラリーマンだった頃の豊かさとは別にとても質素な生活と感じた。

姉は進学したかったようだが、高校を卒業して他県に就職し、家を出ていった。

兄は中学で生徒会長をしたり、バレーボール部に入ったりしてとても闊達な人だった。

私は、都会から田舎に転校したこともあり、勉強もすごく楽しかった。友達もすぐに出来て毎日一緒に勉強したり遊んだりした。松茸を友達の家の山に掘りに行き、たくさん頂いて帰り、土瓶蒸しにしたり焼いたりした。今では考えられないような自然豊かな田舎の生活は、本当に貴重な思い出となっている。

小学校は、うさぎ、にわとり、いのしし、さる……と動物園みたいに色々な動物を飼っていた。当番は、いなごを採りに行って餌にしたり、自然いっぱいの学校生活だった。

明るく楽しい小学校、中学二年までを過ごした。その頃の友達は今も親交がある。


父の仕事は、呆気なく番頭さんの裏切りですべてをなくして終止符を打った。父は肝臓を患い寝込んでしまった。私と兄と妹三人で、近くの小川にしじみ取りに毎日行った。父にしじみの味噌汁を作って飲んでもらった甲斐があり、病気は回復した。

学童期の子供が三人もいる中、父はまた奮起して再就職した。

そして私たちも父と共に播州に移った。兄は公立高校の転入試験に合格して

高校二年生。私は中学二年生、妹は小学校二年生。

転校は慣れているので友達もすぐ出来たが、田舎で良く出来ても勉強は大分進んでいたので、ついていくのが大変だった。優越感を持っていた私の自尊心はズタズタになり、塾に行けるような家でもなく自分で努力するしかなかった。

特に兄は前の学校ではトップの方だったのに、模試の結果十番以下に下がった時はものすごくショックだったようで、それからの兄はひたすら勉強していた。その姿を見て私も頑張ったが、以前のように上位にいけない自分が情けなかった。

でも無事に兄と同じ高校に受かった私は、書道を選択しコーラス部に入り友達も出来、それなりに楽しい学生生活を送った。

一年の時の成績は悪かったが、二年三年と徐々に伸びて、短大に行きたいなあと考えていた。でもその時は兄が神戸の大学に在学中で、学費と下宿代を毎月送っている母を見ていたので、無理は言えなかった。

思い切って言ってみたが、母に「我慢して就職してくれるー」と言われた。

中学一年の時からお茶を習っていたが、その先生が関西にいらっしゃるので、習いたい一心で父が元いた会社に就職した。

そこは全寮制で五人相部屋だった。年齢もまちまち、職場も違う人たち。何もかも私にとっては初体験の毎日だった。

毎日のように帰りたいと電話していたのを思い出す。その度、父に「三年は我慢しろ！」と叱咤激励された。

その間に同じ釜の飯を食べたお友達とは今でも仲良くしてもらい、有難いと思っている。

そして三年経った頃、夫との見合いの話が浮上した。

姉も未だ独身なのに何故私が？と言うと、年齢の関係で年下の妹さんをと、先方の意向だったらしい。

まだ早い！　やりたい事もある！と主張したが、父は、

「三人も娘がいるんだから、誰からでも縁のある者から嫁いでくれ！」
と鶴の一声。
当時、親の言うことは絶対だったので反抗も出来ず、半年後に結婚した。
背が低いのが気になったが、会ってみると誠実そうな静かな人で感じは良かった。
こんないきさつで結婚生活が始まったのである。
そして穏やかな結婚生活は、たった十四年で終止符を打った。

五　夫亡き後

そんな父を見て育った私だったので、失意のどん底からはい上がるのは早かった。毎日毎日必死だったように思う。

小学校に二人の子供が通っていると行事が重なり、参観日や発表会は半分ずつ両方に顔を出すようにした。上司には、

「仕事はきっちりしますが、子供が大切なので、何かある時はよろしくお願いします」と厚かましいお願いをした。

その後、毎日毎日学級便りを三人が持って帰り、中には返事を書くものもある。家事が終わったら、それを読むのも一仕事だった。

然し、お蔭様で子供たちはスクスク明るく育ってくれた。

次男は五年生の時、溶連菌感染症にかかり、四十度の熱を出してそれが一週間も続いた。近くのお医者様にかかり、毎日毛布にくるんで自転車で注射に通った。昔の猩紅熱《しょうこう》だと言われ、伝染病だから家で二階に隔離してお食事を運び、その後は食器は全部消毒して他のものとは別々に扱った。

家族の誰にもうつすことなく元気になったが、サッカー部に入っていた次男は、部活動はしばらく休むように言われて、レギュラー外される……とガッカリしていた。

運動会の組み立て体操の練習の相手の子のがうつったらしい。

そんな時、父からの一通のハガキが届いた。胃がんで手術をすることになったから、母に至急帰ってきて欲しいとの文面だった。

すぐ帰ってもらわないといけないが、上の二人はともかく、まだ二年になる娘の事を心配していた。

ところが幸運なことに、四月から学童保育が出来るとの事、早速手続きを済ませ、母には安心して東京の父の元に二年ぶりで帰ってもらった。

手術をして順調に回復した父は、少しずつ普通の生活が出来るようになり、ホッとした。

子供たちも各々スポーツをしたり、ソロバン塾に通ったり、忙しい毎日のようだった。末娘はまだ二年生。学童保育は五時までで、六時前に帰る私を一時間一人で待たせるのは可哀想で、エレクトーン・習字・ソロバンと毎日予定が埋まるように通わせた。

長い休みの時は一時期、学童保育のない時がある。その時が一番辛かった。上の二人と違い本が好きで、一人で本を読んだり、ぬり絵や人形遊び、エレクトーンの練習と自分なりに、一人でも静かにお留守番の出来る子供ではあった。

ところが、私が昼休みに帰りお昼ご飯を皆で食べて、再び会社へ行こうと自転車で走り出すと、末娘が一緒についてくるのだった。道路の別れぎわで、

「行ってらっしゃーい。早く帰ってきてネー」

と見えなくなるまで手を振っていて、私はいつも涙し後ろ髪をひかれる思いが

し、

「ごめんネー。寂しいネー。頑張っていて偉いネー」

と心の中で言いながら自転車のペダルを踏んでいた。

思えば上二人はワンパク盛りで神経も使い、クタクタの時にこの娘を授かった。

上二人には、男親の分も厳しく時にはたたいたりして育てたが、娘は五歳で父親と死別は余りにも不憫で、母も二人のお兄ちゃんも私も、皆で可愛がった。男の子と異なり、動きのゆったりしたこの子が、私の心を癒やしてくれていたような気がする。

父から、「元気かい？　お前がしっかり皆を守ってくれているから、安心しているよ」とハガキが届いた。

人生で一番私が嬉しかったのは、長男が義務教育である中学を無事卒業した時だった。

三年間とも担任の先生に恵まれた彼は、勉学スポーツ共に頑張って、三年ではハンドボール部のキャプテンをしていた。家庭訪問に来られた先生が、「彼は、教室でワイワイ騒いでいる子等を、まるで鼻の先のハエを追うようにニコニコして見ている。堂々としています」と言われた。「小学校五年生から彼はミニパパなんです」とお答えした。

卒業式の前日、こすれて薄くなっている学生ズボンにミシンを当てたが、文句も言わずそれをはいて、クラス代表で皆の表彰状を受け取った。ヤレヤレ一人義務教育が終わった。これで私がもし倒れても一人は家計を助けてもらえる……と心から安堵した。

六　父の死

卒業式の数日後、春休みを利用して、今度は肝硬変になって入院していた父を見舞いに皆で上京した。

その時父は薬のせいかぼんやりしていて、久しぶりに見る孫たちが余りに成長しているのでピンとこなかったのか、

「お前は誰の子供やったかなー？」と長男に言った。

「お父さん私の子供やで！　希望の高校受かったんよー」

と言うと、やっと分かったようで大変喜んでくれ、

「よくやった！　おめでとう」と長男の手を握りしめてくれた。

長男はその後、廊下に出て泣いていた。

長男が小さかった頃、弟を泣かせておじいちゃんに殴られ一メートルほどふっ飛んだことがあったが、その強いおじいちゃんの面影はそこにはもうなかった。

入院退院を繰り返した父は、八十二歳の生涯を生き抜き、力尽きてあの世へ召された。感謝、感謝の気持ちでいっぱいであった。

兄が言うには、亡くなる日見舞いに行った兄の前で、病院の廊下を往復して父は大丈夫をアピールしたそうだ。

その夜、洗面器一杯の吐血をして事切れたそうだ。

明治の人の息込みはすごいものだ。息子の前で、最後の力をふりしぼったのであろう。

兄は当時、東京でサラリーマンとしては成功者だった。父のお葬式は立派にしてくれた。

父の死後しばらくして母が再び我が家に戻ってきてくれた。

私は安心して働きに出ることが出来たが、母も七十八歳。以前のような元気はなかった。病院にかかりながらも、帰りに何か一品料理の材料を買い求め、小芋の煮ころがしやホーレン草のおひたしを作り、私の帰りを待ってくれていた。

七　息子たち

その頃次男は中学二年、長渕剛さんにあこがれて、髪型も同じようにカットしてヤンチャ盛り。母とよく衝突していた。その度私は、「大先輩なんだから絶対にさからわないで、その代わり不満があればお母さんに言いなさい」と言い聞かせた。

次男が四歳の頃、末娘を生んでから私の身体が弱くなったので、時々母に預かってもらっていた。その関係で、何でも言うことを聞いていた子が反抗するので、つい口を出していたようだった。遠慮なく何でも言えたのだと思う。

長男と次男は性格も違うし、娘は黙っていても自分のすることはさっさとしているし、問題はなかったようである。

生前、父は私に言ったことがある。

「そんなに、勉強、勉強言うな！　この子は、性格が良いから世の中に出たら絶対に上手に生きていける子だよ」と。

でもその時の私は、ちゃんと育てないと……、矢張り父親がいないと……、と言われるのが嫌だった。

次男が中学三年の時、小学校の時に良く出来ていた勉強が段々と落ちていった。

クラブ活動も身が入らず、漫画をよく読むようになっていた。

私はイライラして、

「うちはお父さんもいないし、ハンディがあるんだから、せめて学歴だけはつけておきたいとお母さんは思っているけど、自分にその意志がないなら、このまま勉強しなくてもいいよ。働いてくれたらお母さんも助かるわ！」

ときつい口調でこっぴどく怒った。

口の悪い次男は、

「うるさい！　うっとおしい、お母さんなんか死ネ！　ちれ！　公立高校くらい受かってやるわ！」と捨てセリフをして二階にかけ上がった。

まだ若かった私はカーッとなり、

「今、何て言ったの？」と二階まで追っかけ、

「その言葉、親に言う言葉か」と言うと、今度は学校のカバンを私に投げてきた。

額に当たり、

「大事な顔に傷つけて！　謝りなさい」と私。

さすがに「ゴメン」とは言ってくれたものの、私は感情的になっている自分にも腹が立っていた。

その後、次男の部屋の壁に大きな穴があいていた。

この子は小学一年生の時、担任の先生から、

「素直ないい子ですネ。クラスの事も率先して手伝ってくれますよ。どうしたらこんな子に育つのですか?」とベタぼめにほめられ恐縮したことがあった。

兄弟と勝ち負けが出来てはいけないと、二人にはいつも同じ服を買い、同じおもちゃを買い、気をつけて育てたつもりだったのに……と情けなく、一人になった時、思わず泣いていた。

その後、次男は地元の高校に合格した。

エレキギターを背中に、自転車に乗って学校に行く姿を思い出す。

長男は、高校は進学校に入ったがサッカーづけの毎日と通学の疲れとで、家に帰ったらバタンキューの状態で、成績が芳しくなくなり、

「僕、サッカー部、辞めようかなあ!」と、言ったことがあった。だが、

「世の中に出たら体力と性格やで! 続けといたら、きっと後で良かったと思う時がくる」とアドバイスした。

三年の五月の最後の引退試合まで頑張った。

長男が高三、次男が高一の時に、二人は些細な事から大喧嘩をしたことがあった。

最初は口喧嘩からお互いに何か言いながら格闘していた。

母は割って入りとめようとしたが、彼らの勢いがものすごいものだったので、

「突き飛ばされて怪我するから、向こうの部屋に行っといた方がいいよ」

と母を遠ざけた。時々言い合っているのをよく聞くと、

「お前はなあ、運動部にも入らず、フォークソング部になんか入って、身体鍛えなあかんやろー」と兄。

「何のクラブに入ろうと俺の勝手やろー！　ほっといてくれ！」と弟。

次男は五年生の時に溶連菌を患って以来、体が運動部では続かないようだと自分で考えて、フォークソング部に入部したのだろう。

私はしばらく傍観していたが、二人が段々ガラス戸の方に寄っていき、これは危ないと思い、

「いい加減にやめなさい。怪我したら大変やー、ガラス割れたらお金もいるんやからー」と大声でとめた。

二人はハッと我に返り、内心ヤレヤレと思ったのか、ピタリと格闘をやめた。初めての取っ組み合いの結果、兄も弟も力は五分五分。兄の方は弟の成長ぶりに驚き、弟の方は初めて目の上のたんこぶだった兄と互角に戦えたという気持ちだったんだろう。以来ケンカはしなくなったように思う。

八　引越し

長男大学、次男浪人、長女中三になった時、隣の家が狭い土地に三階建てを新築したため、お日様の光が我が家の庭に入らなくなった。

園芸の好きな母は朝に夕に、

「家が海の底に沈んだようで、陰気で気が滅入るワ……」と言い出した。

私や子供たちは、朝家を出て夕方帰るから日当たりは気にならないが、一日中家の中や庭にいる母は、さぞうっとうしいだろうなあ……と私も考え込んだ。

今まで、お世話になるばかりだった母に、こんな思いをさせてはいけないと、申し訳なく思い一大決心をした。

「この家売って日の当たる家に引越したいと思う。足らないのは厚生年金で借りれると思うけど、もし私に何かあった時の事考えたら、と思案している」

と長男に話してみた。

「今の僕のバイト料、多分お母さんの給料より多いと思うよ！　大丈夫、任せて！」と言ってくれた。

幾つかのアルバイトを掛け持ちして頑張っていた長男の心強い言葉に押されて、すぐ広告を見たり、不動産屋さんを友人に紹介していただき、家探しを始めた。

少し広めの古家にするか、母が土いじりする位の庭で充分だから新築にするか迷ったが、古い家は広くても次々とリフォーム代もかかるから、新築を買うことにした。

母と私、長男と三人で不動産屋さんの車で案内され土地を見に行った。

二軒目の土地を見た時、母は車を降りるなり、

「ここにしなさい。見通しが良くてスカッとしますワ！」

母の一目惚れ、鶴の一声で、今の家に決まったのである。

確かに三叉路で六メーター道路の角地、どちらを向いても、圧迫感もないのだが、長男は「車の曲り角やからエンジンの音がちょっとうるさいかも」と言ったが、母は「私は耳が遠いから気にならないよ！」と大したお気に入りようだ。

「間口は広いけど、片方が斜めで少し台形の土地だから、下すぼみでは？」と私。

「公園の方から見たら末広がりやよ」と母。

これだけ気に入ったのなら最後の親孝行と思い即決した。

契約の時は、わざわざ兄が東京から飛んできた。

てっきり私がだまされたと思ったらしい。

不動産屋さんに、

「私はこういう者です。妹を騙すようなことは決してしないよう、約束して、よろしくお願いします」と自分の名刺を出して挨拶してくれた。

近くの工務店さんが広い土地を買い、四軒に分けて売りに出している土地なので、私も安心していた。

娘が中三の二学期夏休みの間だったので、娘に四月まで引越しを延ばそうかと相談したが、

「転校も経験してみたいし、いいよ！」と彼女は言ってくれ、安心して昭和六十三年八月に高槻の南から北側へ引越した。

九　娘

娘は三年三学期から転校した。

ところが、私が重々転校しても、すぐ順応できたので安易に考えていたが、今の時代は昔と異なり、地域の差があったのかも知れない。前の学校とは雰囲気が異なり、三学期ともなれば受験も控え女の子はグループが出来てしまっていてなかなか馴染めず、苦労したようだった。

私は会社に行っていて昼間いないから知らなかったが、次男の話によると、いつも机に向かっていた彼女が学校から帰ったらよく泣いていたそうだ。

気の良い彼女は、どのグループにも顔を出し仲良くしようと一生懸命だったが、スーと入れない、入れてくれない空気を感じて悲しかったのだろう。

小学校の時から大して怒ることもなく、お勉強も何も言わなくてもする、手がかからない娘だった。

家の前の道路を私と二人で何往復もして、「なんのこれしき」と言いながらニコニコ走っていた。

そんな姿や、ふと運動会を見に行った時、朝礼台の上に立って全生徒の前でラジオ体操をしていた時の事など思い出す。

中学でも伸び伸びして、いじめている子を怒ったり、勉強も頑張っていた。引越しはもう少し延ばせば良かったナーと、ふと思った。

そんな状態だったので、自分の希望した公立高校をすべってしまい、自分一人京都の私立高校に進んだ。

最初の内は、女子高だし、自分の意志と違った学校ということもあり、毎日不機嫌だったので心配した。

その内学校にも慣れ、友達も出来、明るい高校生活を送ってくれてホッとした。

十　母

母も今度の家にも慣れて、庭いじりをしたり、習字や百人一首を楽しんだり機嫌良く暮らしてくれていた。

ところが、長男が大学を卒業して銀行に就職、次男が大学生、娘が高三の冬、母は突然、心不全で八十五歳の生涯を閉じた。

亡くなるその日まで、朝、私たちを送り出し、そのあと通院して点滴を受け、帰ってくるとゆっくりしていた生活を送っていたので、私は安心し切っていた。

日頃から母は、

「私が倒れたら、貴女が仕事に行けなくなるから……」

と自制して生活していた。

だから、まだまだ生きてくれると、いや、親は不死身で永遠に生きてくれるものと信じていた私は、本当にショックだった。

段々と体力がなくなっている母に、

「朝ゆっくり寝ていたらいいのに」と言っても、

「皆がいる間に起きて体操しないと。一人になるとやる気なくして、そのまま寝てしまうからネー」と言って、日課であるスクワットを壁に向かって一日少しずつ二千回する、と頑張って続けていた。

股関節脱臼と医者に言われ、左足が少し短くなっているとかで晩年、杖をついて歩いていた。

明治の人は強い。私は思い出す度、自分も頑張らなくてはとストレッチをしている。

その日、夜中十二時過ぎ「胸が痛い」と言い、シップを貼り替えてあげたりしたが治らず、救急車を呼んだ。近くの病院に運んでもらったが、処置室にいる間に、事切れてしまった。

母が徐々に弱ってきた頃、私は、

「おばあちゃん、東京へ帰ったら御隠居さんで居れるし、しんどかったら帰ってもいいんよー」と言ったことがある。

母は「ううん、私はここがいいんや」と言ってくれたので、私は安心していた。

突然の事で姉、兄、妹は大変驚いていた。母を預かっていた私は皆に申し訳なく謝ったが、兄は、

「お母さんも一生懸命生きたし、寿命だと思おう！」と言ってくれ、私は救われた。


同じ頃、夫の母も八十六歳で亡くなった。老衰だったそうだ。

優しい姑で夫亡き後、皆を連れて墓参りに毎年帰ったが、

「すまないネー！　あんた一人に苦労かけて……」と言って下さっていた。

末息子に先立たれ、どんなに悲しく寂しい思いをして日々送っておられるの

かと、私は、またしても自分で夫を守れなかったことに対して申し訳なさを感じた。

母の突然の死で私は泣いてばかりいた。

後の事もあり、母が生前「お父さんみたいな立派なお葬式はいりません」と言っていたし、兄の立場上、東京ですると大変な事になるからと、私の家から送り出すことになった。

その為、私は会社を一週間休んでしまった。どうしても仕事をする気にはなれなかった。

その後、道行く人で母に似ている後ろ姿の人を見つけたら、わざわざ前に回って確かめた。そして、矢張り母でない事を確認してガッカリした。

十一　子育て卒業

その時まだ現役でバリバリだった兄は、六十五歳から間質性肺炎を患い、酸素ボンベにお世話になる日々となった。

然し気丈な兄は、セカンドハウスを山梨に購入し、そこで陶芸をしたり、コーラス、男の料理教室をしたりしていた。

趣味のカメラを持って、姉夫婦、妹夫婦、私、時には、私の娘と皆で、北海道旅行、九州の旅、信州の旅と、旅先でレンタカーを借りて楽しい思い出を作ってくれた。

頼りにしていた兄も、たった七十三歳で他界。私たちの誇りだった兄がいなくなり、三姉妹はとても寂しくなった。

夫の兄と兄嫁も、四年前に相次いでこの世を去られた。

今は、夫の甥っ子たちと次世代の息子たちは、折にふれ連絡し合い、仲良くさせていただいている。

姪っ子も、お姉さんお姉さんとなついてくれ、仲良く往き来していたのに、両親の後を追うように亡くなってしまい、本当に寂しくなった。


夫の命日三月十二日、毎年供養して、毎日夫の写真に語りかけて元気をアピールしていたのだが、私は三年前から血液の難病にかかってしまった。

いつも全速力で人生をかけぬけてきて、健康だけは自信があり、仕事をしながら、茶道、書道、花道、着付けと皆、師範の資格を取り退職後は、これらを教えて生活しようと考えていたが、今の時代それは甘いと気づいた。


次男も大学を出てアパレル会社に就職、娘も短大を卒業して社会人になり、私もようやく子育て卒業となった。

そして、長男は二十九歳で結婚して、パパになった。

私は五十四歳でおばあちゃんになった。

可愛い女の子。嬉しくて、おひな祭りや、幼稚園の行事は必ず行った。

たくさんの楽しみを私にプレゼントしてくれる唯一の孫も、今春大学を卒業して就職し、社会人となった。コロナが終息したら会えると今は我慢している。

次男はその三年後に結婚した。孫が花束をお嫁さんに、手渡しに行き、「おめでとう」と言った時には、本当に可愛く涙が出た。

次男は子供に恵まれず残念だったが、夫婦仲良く暮らしてくれて嬉しく思っている。

可愛がり過ぎた娘はまだ独身で、私と暮らしている。

六十歳になって、二十五年働いた私は、六十五歳まで年金も入らないし、お稽古事で収入を得るということはとても難しいと判断した。

ひとまず無事、定年退職して、就活をした。

何度もハローワークに通っている内に、やっと百貨店に入っている結納品屋さんの筆耕の仕事がみつかり、六十五歳まで勤めた。

退職してフリーになった私は、自分の趣味のコーラス、墨画、体操教室に精を出した。

お茶は習いながら家でも少しずつ教えるようになり、日々充実したルンルンの毎日であった。

そのあい間には三十三ヶ所巡り、八十八ヶ所参り、海外、国内とチャンスがあれば、旅行に出かけていた。

あちこち変わる度に出来た大切な友達とも、お食事やお茶やと、本当に楽しい六十代であった。

七十四歳になった三月末、家族全員で沖縄旅行をした。

その翌月、四月十八日に「再生不良性貧血、ステージ5、即入院して下さ

い」とお医者様に言われた時はすぐには信じられず、

「何の病気ですか？　どんな字を書くのですか？」と先生に聞き、

「再生不良性貧血」と手帳にハッキリ書いてもらった。

今まで、大きな病気はしたこともなく、年に一度位疲れて風邪をひいて二、三日寝る位であった。

お産の時以来、入院はしたことがなかったので、私は勿論、子供たちも、青天の霹靂であった。

クリーンルームに入り、一歩も外へ出られず輸血、点滴の毎日。

でも私は、不思議にこのまま死んでしまうとは思わなかった。

病院には血液で著名な先生もいらっしゃるし、病は重いはずなのに食欲もあり、担当の主治医の先生が、

「いつもお元気やネー」と言って下さっていた。

この三年間、入院退院を繰り返し、今も週一度の注射、採血に通院しているが、その間、色々な事を学ばせていただいた。

先生や、大勢の看護師の皆様には本当に感謝、感謝。また私を支えてくれた姉妹、子供たち、友人にも心から感謝している。

二回の治療を受けた私は、免疫がない為、ほこりとか生物《なまもの》は一切駄目、と医者から言われた。

子供たちは相談して、私の部屋になる座敷の畳を総替え、エアコンも取り替え、加湿器まで揃えてくれた。

仏壇の花も、生花は水から菌が出るからと造花に替えてくれていた。

この私の為に細心の心使いをしてくれた子供たちには、本当に頭が下がり、心からお礼を言った。

最初の二年は入退院が続き、娘はパニック状態になっていた。何もかも自分の責任と思う彼女は、自分にイラ立っていたのだと思う。

そんな時、名古屋から妹が再三来てくれて、娘を支えてくれた。

退院してしばらくして、私の実家の仏様を、兄の死後事情があり家に預かっていたので、両親と兄の供養を、夫が亡くなって以来お世話になっているお寺さんにお願いした。

姉私妹の三人でお金を出し合い永代供養していただいた。子供たち、私の姉、妹、姉の息子とお寺で法要しその後、皆でお料理屋さんで会食して別れた。

私の気にかかっていた事が無事終了して、私はホッとした。

数日後、次男が、

「お母さん、お父さんの事、本当はどうだったの？　話して欲しい」と、電話してきた。

私はギクッとしたが、子供は事実を知る権利があるし、いつか理解できる時がくれば真実を話すつもりでいたので、いいきっかけだと思い、かいつまんで話した。

驚いたことに次男は、

「僕は知ってたよ。でもお母さんが何も話してくれないから黙っていた。お父さんが亡くなった日、おじいちゃんが、東京のおじさんに電話していたのを聞いてしまった」と言った。

当事小学三年の彼にとって、その事はどんなに傷つき、何十年も経つ今日まで胸に秘め黙って過ごしていた事の辛さが、ひしひしと胸にこたえた。

「お父さんは、優しくていい人だった。事実を言うと、皆のお父さん像がこわれると思い、大人になって社会の事が理解できる年齢になれば、話さなくてはならないと思っていた。悪かったネ、長い間、可哀想に悶々としていたんでしょう」

と私は長い間、黙っていた私の気持ちを告げてお詫びした。

次男は小さい時から感受性が強く、周りの空気を読める子だった。私を悲しませてはいけないと、黙っていたのだろう。それで、中学から高校時代、私に反発してたのかあ……すべて謎がとけた気がした。

長男にも娘にもその夜、事実を話した。二人とも驚いていたが、何故今まで話さなかったのか理解してくれたようだった。

思えば長い道のりだった。夫の死によって、すぐ泣いていた私は強くなり、長男は、自覚を持ち我慢強い子になってくれ、下の二人を引っ張ってくれている。

三人の子宝を残して若くしてこの世を去った夫もきっとあの世から、その後の私の人生を見守り、良い方向へと導いてくれたのだろう。

完全に治る病ではないかも知れないが日々安定した今、無理せず散歩や家事も少しずつ出来るようになったことは、医学の進歩に加え、皆様の温かい応援の賜と、これからの残りの人生を尚一層努力して生きてゆこうと心から思う。

長男は十数年前に離婚した。そして自分の娘が社会人になった年に、ヤレヤレと思ったのか、私の家のすぐ側に家を建てた。そして私に同居しようと言ってくれた。

これから先の事は分からないが、まだまだ楽しい事もありそうでワクワクしている。足腰を鍛え、再び皆様と茶道を楽しみたいのが、今の私の希望になっている。

子育ての間は〝心に太陽を！　唇に歌を！　何が来ようとこわくない〟をモットーに、手を抜かず皆と面と向き合って戦ってきたように思う。

病気と寿命は別、と言われたことがある。命ある限り今までと同様、精一杯生きよう。

でもこれからは、少し力を抜いて若い人たちに、甘える時は甘え、「日々是好日」「ケ・セラ・セラ、なるようになる。考えても人生は思うようにならないのだから」と思うようになった。


長男は、自分の娘がいるのを支えに一人で十数年間、仕事仕事、毎日見ていても気の毒な位クタクタになって働いていた。

次男も脱サラして最初二年は、兄の助けを受けながらも、今は矢張り元の二十数年築いてきた自分の仕事をコロナ禍の中大変のようだが、一生懸命頑張っているようだ。お嫁さんも家計を助け、二人で助け合いながら少しずつ光が見えてきたようで、今後発展していくだろうと信じている。

末娘は私の発病の一年ほど前に、身心共に疲れ果て二十年以上勤めた会社を退職した。

大分体調も良くなり、立ち直ってきた頃、私がダウン。次男がフリーになっていたのと同時だったので、病気の為の手続きで市役所回りや、保健所回りも全部三人でやってくれた。本当に有難う。

これから先も皆様に助けていただき、頑張って生きようと思う。

お世話になった皆様に心から感謝を捧げる。

完

著者プロフィール

すみ ようこ

1943年、神戸市生まれ。
大阪府在住。
趣味、茶道。

私の歩んだ道 なんのこれしき

2022年 6 月15日 初版第 1 刷発行

著　者 すみ ようこ
発行者 瓜谷 綱延
発行所 株式会社文芸社
〒160-0022 東京都新宿区新宿1－10－1
電話 03-5369-3060（代表）
03-5369-2299（販売）

印刷所 株式会社暁印刷

ISBN978-4-286-23733-6